A panela da paz

uma história de amizade baseada em fatos reais

A autora agradece a Lucas Prieto Nemeth por ter pesquisado as frases dos defensores da paz.

Diretor editorial	Fernando Paixão
Editora	Claudia Morales
Editora-assistente	Elza Mendes
Coordenadora de revisão	Ivany Picasso Batista
Revisão	Liliane Pedroso
ARTE	
Editor	Antonio Paulos
Diagramador	Claudemir Camargo
Editoração eletrônica	Divina Rocha Corte
Edição eletrônica de imagens	Cesar Wolf

CIP-BRASIL. CATALOGAÇÃO NA FONTE
SINDICATO NACIONAL DOS EDITORES DE LIVROS, RJ.

P949p

Prieto, Heloisa, 1954-
A panela da paz / Heloisa Prieto ; ilustrações Ana Maria Moura. - São Paulo : Ática, 2006
64p. : il.- (Coleção Heloisa Prieto)

ISBN 978-85-08-10161-0

1. Paz - Literatura infantojuvenil. 2. Violência - Literatura infantojuvenil.
I. Moura, Ana Maria. II. Título. III. Série.

06-0510. CDD 028.5
CDU 087.5

ISBN 978 85 08 10161-0 (aluno)
ISBN 978 85 08 10162-7 (professor)
Código da obra CL 733181
CAE: 209021

2017
1ª edição
11 ª impressão
Impressão e acabamento: Ricargraf

Avenida das Nações Unidas, 7221 – CEP 05425-902 – São Paulo, SP
Atendimento ao cliente: 4003-3061 – atendimento@atica.com.br
www.atica.com.br

A panela da paz

uma história de amizade baseada em fatos reais

Heloisa Prieto

Ilustrações
Ana Maria Moura

editora ática

Sumário

Para meu pai, Luiz Felippe
Prieto, em cuja infância essa
história se baseia, e para
Daniel Munduruku, amigo
tão querido de nossa família.

1

Os valentes cavaleiros de São Vicente

O fim da história será o começo da paz:
o reino da inocência recobrada.
Octavio Paz

Os valentes cavaleiros de São Vicente era o nome de uma turma de garotos que, no ano de 1943, reunia-se diariamente, no período da tarde, num barracão construído lentamente, a duras penas, sem ajuda de nenhum adulto. Por ter sido construído única e exclusivamente para as melhores brincadeiras, o Barracão era um lugar muito bom para jogar bolinhas de gude, baralho do mico, conversar, ler, guardar talismãs secretos ou outros objetos de estimação, sendo também frequentado por outras crianças que não pertenciam diretamente à turma. Do lado de fora, os adultos reparavam naqueles meninos entrando e saindo daquele barraco sempre arrebentado, sem nunca entenderem direito qual era a graça de tudo aquilo.

Era uma época em que não havia televisão, computador, *shopping center*, *skate* ou *videogame*, ninguém sabia que inventariam a bomba atômica ou mísseis, ou terroristas. Menino usava calça curta, brincava longe de menina e só ia para a escola aos 7 anos porque ainda não existiam creches ou escolas de educação infantil.

Porque não se tinha ideia de como uma guerra atômica poderia destruir o mundo inteiro, ou que um dia existiriam armas letais de alta tecnologia, para a maioria das pessoas lutar numa guerra era mais ou menos normal. Algo que acontecia de tempo em tempo quando havia discórdia entre países. Vencer numa guerra era motivo de honra. Ninguém nem sequer sonhava que um dia existiriam grandes pacifistas como o sábio Gandhi ou a corajosa Madre Teresa de Calcutá. De modo que brincar de soldadinho ou usar espadas e medalhas nas festas escolares eram costumes da moda.

Muitas aventuras fazem parte das lembranças daquela turma do Barracão, mas a história que me contaram teve início numa manhã de sol, quando um de seus membros fundadores, um garoto corajoso e atlético chamado Luiz, então com seus 9 anos, desceu correndo do quarto para tomar rapidamente seu café da manhã.

Na mesa de café, sua mãe, Leonor, e sua tia, Marina, liam o jornal escondido de seu pai, Thomaz. Ambas conheciam as manias dele, sabendo, portanto, que seu Thomaz gostava de tudo muito organizado e detestava, acima de todas as coisas, abrir um jornal amassado para acompanhar as notícias do dia.

Cuidadosamente, ambas liam as manchetes evitando dobrar as pontas das páginas, murmurando entre si as notícias sobre a Segunda Guerra Mundial.

– Eu tenho certeza de que os soldados brasileiros, quando chegarem à Itália, vão aproveitar para ver todos aqueles lugares tão lindos, comer muito macarrão, dançar, namorar, todas essas coisas boas da juventude daqui...

– Marina – protestava Leonor –, você ficou louca, é? Guerra é guerra. Esses meninos vão acabar sofrendo muito, ai meu Santo Antônio, preciso fazer uma promessa para a proteção dessa juventude em perigo.

– Mas, Leonor, você por acaso conhece algum desses soldados?

– Conhecer eu não conheço, mas a dona Marilu, que frequenta a nossa loja, contou que tem um sobrinho que foi convocado para lutar. Mas o que é isso, Marina? A gente não precisa conhecer os pobrezinhos para ficar preocupada... Você não tem piedade?

Marina sentiu-se ofendida. Todo mundo sabia de sua fama de generosa. Mas, antes que pudesse responder ao comentário da cunhada, seu Thomaz subitamente entrou na copa e as surpreendeu.

– Abrindo o jornal antes de mim... por acaso isso é permitido aqui em casa? Vocês duas não combinaram comigo, ontem mesmo, que eu, o chefe da família, teria esse direito?

Leonor, já com suas pérolas e trajando um vestidinho preto para ir à loja de roupas onde criava modelos inspirados na moda francesa, disfarçou:

– Vou subir para passar perfume, quero aproveitar uma carona sua.

Disfarçando a risada, Marina a seguiu escada acima, enquanto o pai piscava para o filho e lhe estendia um pacote.

– Veja, Luiz, o último *Príncipe Valente* a chegar nas bancas.

O garoto agarrou a revista em quadrinhos e esqueceu-se de tomar o café da manhã. Correu até a praia para chamar Niltinho, o melhor amigo, mais conhecido como Sardinha, por causa do rosto pintado de sardas.

Depois, atravessou a pedreira de Itararé, contornou o morro de Santa Terezinha para alcançar o terreno onde ficava o Barracão, perto do hospital municipal.

Após tanta correria, a falta do pão com manteiga pela manhã doeu na barriga de Luiz, mas, por sorte, logo surgiu dona Iracema, mãe de Quinzinho, frequentador assíduo do Barracão, que disse assim:

– Luiz e Niltinho, já vi que estão com cara de fome. Entrem para pegar um pedaço de bolo que tirei agorinha do forno.

Mas, como ambos hesitassem, pois a fome de brincadeira era maior do que a de comida, ela riu e acrescentou:

– Tudo bem, meninos, eu dou metade do bolo e vocês podem levar para comer na tal da sua Távola Redonda, só Deus sabe onde é que foram inventar um nome desses.

Quinzinho, carregando o prato com o bolo fatiado, ao lado de Sardinha e Luiz, que levava a revista do Príncipe Valente, os três amigos entraram triunfais no Barracão, sorrindo ao adivinhar a alegria do resto da turma que, na certa, já os aguardava.

2

A Távola Redonda

Como vocês viram, dona Iracema nunca tinha ouvido falar dos Cavaleiros da Távola Redonda, do rei Arthur e de todos esses heróis que, hoje em dia, quase todo mundo conhece, por causa dos filmes, seriados, livros e tudo mais. Porém, naqueles tempos, não só as histórias da espada Excalibur e seu rei eram novidade, como também as revistas em quadrinhos. Poucas crianças podiam tê-las. Raras eram as bancas que as vendiam, então, revista em quadrinhos era o que havia de mais moderno e desejado por toda criança que gostasse de aventuras.

Naquela manhã de verão, comendo o bolo de dona Iracema, a turma do Barracão fez uma roda para que Luiz lesse as legendas dos quadrinhos, enquanto os menores, que ainda não sabiam ler, acompanhavam observando as imagens.

– E, finalmente – ele lia com voz de locutor de rádio –, o cavaleiro Tristão cavalga seguramente o caminho de seu coração: encontrar-se com a bela Isolda, seu amor proibido, na Inglaterra...

E a cada página virada, a coragem dos cavaleiros, sua luta pela justiça e igualdade, alimentava a imaginação dos garotos do Barracão. Na verdade, a roda de histórias, naquele exato momento, era composta pelos seis integrantes fundadores:

Luiz, mais conhecido como o Rastreador, grande sabedor das pegadas de pequenos animais e cantos de passarinhos; Sardinha, exímio atleta e nadador; Purunga, o Girafa, tão comprido e ágil, que, adulto, se tornaria jogador de basquete profissional; Quinzinho, rápido nas contas, era o melhor da turma em matemática; Curupira, ou Oscarzinho, baixinho e rápido no pulo, e, finalmente, uma única menina: Marlene.

Filha de europeus, seus pais eram naturalistas suíços que haviam se instalado na região da Baixada Santista para desenvolver uma pesquisa sobre a flora regional, Marlene era criada com toda liberdade. Logo fez amizade com os meninos da turma na praia e, quando foi chamada para visitar o lugar onde seria a sede das brincadeiras, aceitou o convite. E, talvez devido ao seu jeito animado e simples, a garota rapidamente passou a ser considerada fundadora e integrante do Barracão.

– Ei, Marlene, se você não fosse tão agitada, até que dava para ser uma *milady*!

– Deus me livre e guarde! E quem haveria de me proteger? Eu sei me defender melhor do que qualquer um de vocês!

Os meninos riram, porque, embora aceitassem Marlene como parte da turma, nunca se esqueciam de que ela era uma garota. Os cabelos loiros e lisos, os olhos grandes e o sorriso largo eram encantadores. Portanto, mesmo na hora da briga e da correria, impossível confundi-la com um menino brigão.

– Marlene, *milady* do tempo do rei Arthur andava a cavalo e era boa de luta com espada. Olha só o jeito da Isolda. Ela nunca tinha medo de nada. Enfrentou tudo para ficar ao lado do Tristão.

– Bom, se for assim, eu aceito o título de *milady*.

– Isso me deu uma ideia – disse o Purunga –, e se cada um de nós recebesse um título de cavaleiro? A Távola Redonda, a gente já tem!

Távola Redonda era o nome da mesinha que os meninos tinham construído especialmente para a hora de ler revista em quadrinhos. Uma mesa pequena e forte, na qual o gibi era colocado no centro, como se fosse uma espécie de livro secreto e sagrado, de modo que todos pudessem observar seus desenhos durante a leitura. Diariamente, quando terminava o ritual das histórias do rei Arthur, a revista era cuidadosamente guardada num armarinho, onde também ficavam outros livros e jornais que os garotos traziam de casa sempre que possível.

– Outro dia – continuou Marlene –, meu pai me contou que quando um cavaleiro recebe o título precisa mudar de nome. Então, de hoje em diante, eu serei a *Lady* Lena, que tal?

– Eu não quero mudar de nome. Eu gosto de ser sempre o Luiz – discordou o Rastreador.

– Tudo bem. Aqui no Barracão a gente pode inventar tudo do nosso jeito. Mas uma coisa precisa ser feita – afirmou Marlene.

– O que é? – quis saber o Girafa.

– O ritual do cavaleiro. A gente primeiro precisa inventar os juramentos. Depois, arranjar uma espada para bater nos ombros e na cabeça, igualzinho no *Príncipe Valente*, e, pra completar, tem que ter uma festa pra todo mundo comer muito...

– Festa é com a minha mãe! – gritou o Quinzinho. – Tenho certeza de que eu a convenço a fazer mais bolo, pode deixar!

3

O código de honra

Muitas vezes, na vida das pessoas, uma decisão que parece simples e quase sem importância vai abrindo um campo de novos caminhos e novidades que se alarga até se transformar numa experiência especial.

Quando os meninos decidiram que o Barracão seria a sede dos cavaleiros, nem sequer imaginavam a quantidade de aventuras que essa ideia estava para desencadear.

Para começar, a rotina das brincadeiras parecia modificar-se. Se antes o principal era o jogo de taco e o futebol, depois que o Barracão virou sede de cavalaria, a turma passou a ficar mais tempo na salinha com a mesa redonda. Novos armários foram construídos, usando tijolinhos e madeira, alguns trouxeram seus brinquedos preferidos e os guardaram ali, outros, simplesmente, ficavam jogando conversa fora durante a partida de bolinhas de gude. E todos sabiam que os brinquedos seriam bem cuidados, que ninguém ousaria quebrá-los ou pegá-los sem a permissão do dono. Era como se a mentalidade respeitosa dos cavaleiros do rei Arthur, silenciosamente, tivesse entrado no coração e na cabeça dos frequentadores do Barracão. Ou melhor, era como se aquele cantinho construído sem muita razão de ser, apenas como abrigo de brincadeiras, estivesse se transformando numa espécie de palácio encantado, sede de uma sociedade secreta composta apenas por crianças especiais: leitores das aventuras inesquecíveis do Príncipe Valente.

Porém, uma das figuras mais importantes dessa aventura jamais poderia estar num gibi do rei Arthur. O nome dele era Kairi-Mirim, um representante indígena da comunidade dos guaranis, que ficava nas proximidades.

Kairi construía monjolos, cercas e outros objetos com bambu. Sua perícia era conhecida em Santos, por isso Leonor, mãe de Luiz, o contratou para montar um monjolo no riacho que passava em sua casa.

A presença do guarani fascinou Luiz a ponto de fazê-lo se atrasar para as reuniões da mesa redonda no Barracão. Ele adorava observar a calma de Kairi, a força e habilidade de seus gestos quando trabalhava. Mas havia ainda um outro interesse especial: Luiz sabia que os guaranis eram peritos no manejo do arco e flecha.

– Kairi, é verdade que você sabe atirar com arco e flecha? Minha tia Marina me contou no jantar que você é capaz de acertar qualquer coisa, mesmo a distância.

– Arco e flecha é igual a tudo na vida. Tem que saber usar. Tem que ter sabedoria. Arco e flecha não é mais importante que esse monjolo aqui da sua casa.

– Eu não acho – discordou Luiz, já irritado –, o monjolo é só pra enfeitar. Arco e flecha é para guerrear. E as guerras mudam o mundo. Eu quero saber lutar quando for preciso. Eu quero enfrentar o perigo como os cavaleiros do rei Arthur. Eu quero ter um código de honra, eu quero defender os injustiçados…

– Você quer coisa demais. Eu quero, eu quero, eu quero. O rio não quer nada, o vento não quer nada, e os dois têm mais força, vivem mais tempo que você, que eu ou sua família inteira.

Luiz não ficava bravo quando Kairi o contradizia. Pelo contrário. Ria. Achava graça na maneira de o guarani ver a vida.

– Mas, então, alguma coisa você tem que me ensinar. Eu quero aprender coisas de índio.

– Por quê?

– Porque sim. Minha tia me disse que índio senta em círculo e conversa na hora de resolver os problemas, ela disse também que índio gosta de contar histórias.

– E você gosta de conversar?

– Gosto. Mas eu gosto mais de histórias. Esse negócio de círculo parece coisa do rei Arthur.

– Que rei é esse, menino?

– Um rei antigo. Ele tinha uma mesa onde todos eram iguais. Ele era rei, mas não sentava na cabeceira nem bancava o superior porque a mesa era redonda. Assim, um cavaleiro podia ouvir a opinião do outro. Igual índio, não é?

– Mais ou menos. Quer dizer, o cacique, pelo menos o que eu conheço, gosta bastante de mandar. Mas é verdade que entre nós um é igual ao outro. Não tem esse negócio de rico, de pobre, de diferença assim…

– Bem, vou te contar um segredo. Eu construí uma mesa redonda com os meus amigos, mas ela se chama Távola, que era o nome da mesa do rei Arthur.

– E onde fica, menino?

– Lá no terreno, primeiro fizemos um Barracão, agora já temos uma mesa. Depois fizemos a estante de gibis, as caixas de brinquedo...

– Então, está certo. Já sei o que eu vou te ensinar.

– Atirar com arco e flecha? Eba!

– Não, menino. Para que isso? Vou ensinar você e seus amigos a fazer banquinho de bambu. Assim vocês podem sentar nessa mesa feito esse tal de rei Arthur. Todo rei tem que ter trono.

– Como é que você sabe?

– Guarani sabe de muita coisa... a gente é quieto feito rio que fica só passando, ouvindo e olhando...

Kairi-Mirim passou a frequentar o Barracão. Sua presença tranquila, sua voz sábia, acalmava os meninos que adoravam suas lendas tanto quanto amavam as peripécias do Príncipe Valente.

Aos poucos, a rotina do Barracão passou a ter dois momentos importantes: a mesa da leitura e a roda de histórias. Como todos quisessem ler as aventuras do príncipe, os garotos se alternavam. Mas, no fim da tarde, na roda de histórias em volta da fogueira, o líder era sempre o mesmo: Kairi-Mirim, que lhes contava lendas indígenas do tempo em que o mundo surgiu.

De início, a participação do guarani permaneceu como um segredo. Porém, certa manhã, Marina surpreendeu o sobrinho Luiz cantarolando cantigas indígenas.

– Ué, meu sobrinho, você já está falando feito índio? Como foi que você aprendeu? Você não passa a maior parte do tempo jogando taco na praia?

Luiz sabia que seria impossível esconder alguma coisa de sua tia.

– A gente está amigo do Kairi-Mirim.

– A gente quem?

– A gente da turminha do taco do Barracão.

– Ah, já sei: a Marleninha, o Girafa, o Sardinha, o Quinzinho, etc. etc.

– Como foi que a senhora adivinhou?

– Porque eu não sou nenhuma boba. Eu presto atenção. Mas o que é que ele faz no meio de vocês, esse bando de moleque sem juízo.

– Ele conta história e dá conselho...

– Como assim?

– É que na história do rei Arthur tem o Mago Merlim, não é mesmo?

– Que eu me lembre sim.

– Então, na nossa turma tem o guarani.

– Bem, meu sobrinho, eu não estou entendendo nada, mas eu gosto muito do Kairi, então melhor deixar do jeito que está...

O Barracão, aos poucos, foi se transformando numa espécie de pequeno palácio tropical, com móveis feitos de bambu, mesa redonda de madeira, tapetinhos de artesanato indígena; aos brinquedos e gibis foram acrescentados vasinhos de flores que Marlene, ou melhor, *Lady* Lena, cultivava com todo carinho.

Para completar, havia sempre uma forma de bolo ou biscoitos frescos carinhosamente preparados pela mãe de Quinzinho, que se divertia com as brincadeiras dos meninos. Tanto que, certa tarde, resolveu sentar-se com a turma para ouvir a leitura das peripécias do Príncipe Valente.

A essa altura, o ritual já tinha se sofisticado bastante. Primeiro, preparava-se a mesa, que devia estar limpa. Depois, o gibi era colocado no centro. Em seguida, os meninos sentavam-se nos banquinhos de bambu e aguardavam até que Leninha acendesse a vela.

Naquela tarde, em especial, dona Iracema recebeu a honra de sentar-se na cadeirinha de bambu. Ela estava se divertindo com a seriedade dos meninos, mas fez cara bem compenetrada enquanto varriam ao redor da mesa, escolhiam a melhor revistinha e acendiam a vela.

O problema foi na hora de começar a leitura. Todos os meninos tinham vergonha de ler errado na frente de dona Iracema. Ninguém queria ser o narrador. Dona Iracema percebeu a confusão e sugeriu:

– E se a Marleninha, quer dizer, se a *Lady* Lena, desta vez fosse a leitora da história?

Todos concordaram. Era uma tarde chuvosa e escura. Portanto, quando a menina sentou-se diante da vela e, tomada pela emoção das aventuras, descreveu a luta de Valente, Galahad e Arthur em defesa dos pobres e desabrigados, dona Iracema ficou tão emocionada que algumas lágrimas foram escorrendo por suas faces.

– É, meninos... vou ter que concordar com vocês – ela disse no final da leitura –, bem que eu queria uns cavaleiros assim para me proteger!

– Tudo bem! A gente não tem capa e espada, mas também sabe como proteger a senhora, dona Iracema!

Ela riu.

– Pelo menos vocês têm muita honra. Eu estou gostando disso. Nunca vi briga, nunca ouvi grito nesse seu Barracão. É impressionante, tanto menino junto brincando sem problema nenhum.

– É que a gente tem um código secreto!

– Como assim?

– É um tipo de juramento.

– Pra quê?

– Para os novos integrantes. Eles precisam saber que um cavaleiro obedece à lei da justiça.

– E eu posso saber como é essa lei?

Leninha correu até o armário e mostrou uma folha de papel que continha os mandamentos do código de honra dos cavaleiros de São Vicente. Ele dizia o seguinte:

Juro honrar minha palavra.
Juro defender os fracos.
Juro lutar com dignidade.
Juro respeitar os derrotados.
Juro proteger meus colegas.

– Mas que beleza, meus meninos! E como é que funciona esse juramento?

– Ah, é simples – explicou o Girafa. – Cada novo cavaleiro precisa ler o juramento em voz alta, na frente de todos nós.

– E todos já juraram?

– Todos, menos a Leninha, porque ela é menina.

– Ah, dessa parte eu não gostei. Mas *lady* não precisa jurar?

– É isso mesmo, dona Iracema, eu queria fazer o juramento!

Então, a mãe de Quinzinho os convenceu de que a única menina do Barracão deveria ter os mesmos direitos que o resto do grupo. E como Leninha era uma menina linda, nesse caso, deveria haver um juramento oficial com direito a biscoitos, suco e uma roupa de princesa especialmente feita para ela.

Naquela noite, Luiz estava tão animado com a festa de juramento de *Lady* Lena, que mal conseguia dormir. Ele queria muito ajudar, mas não sabia como. Até lembrar-se de que, no quarto de sua tia Marina, havia um baú enorme onde ela guardava retalhos de seda, sobras dos vestidos de baile confeccionados no ateliê de costura de sua mãe.

Cedinho, ele entrou no quarto, abriu o baú e retirou dele três pedaços de tecido, certo de que ninguém jamais daria falta deles.

Ledo engano. Como eu já disse, nada passava despercebido aos olhos de tia Marina. De modo que assim que Luiz voltou da praia, na hora do almoço, o garoto deu de cara com sua mãe e tia coléricas, à sua espera:

– O que é que você anda aprontando, meu filho? Que história é essa de roubar pedaço de seda do baú de sua tia?

– Mãe, eu precisava de pano para fazer o traje de princesa da Marleninha.

– E desde quando você começou a costurar?

Luiz riu e respondeu:

– Não sou eu, não. Quem vai costurar é a dona Iracema.

– Mas por que ela vai fazer essa fantasia? Ainda falta tanto tempo para chegar o carnaval! Vocês estão importunando a Iracema, que já vive tão ocupada fazendo bolinho e doce para aquele bando de menino esfomeado.

Dona Leonor já estava ficando muito brava, quando a conversa foi interrompida por Kairi-Mirim.

– A senhora me desculpe – ele foi dizendo –, mas os meninos estão fazendo uma coisa muito bonita. Eu acho que a senhora também precisa ajudar. Lá no meu povo, quando criança inventa coisa boa, adulto ajuda.

E, como se pode imaginar, Leninha acabou ganhando uma roupa lindíssima, um traje de princesa ainda mais bonito que as roupas das atrizes dos filmes das matinês do domingo. Bordado com miçangas coloridas, pérolas no punho, criação exclusiva de madame Leonor para a garota.

Acontece que o ateliê de dona Leonor era uma espécie de ponto de encontro de muitas senhoras de São Vicente, porque, além da beleza das roupas, sempre sobrava tempo para o bate-papo e cafezinho. Resultado: a história da festa dos cavaleiros espalhou-se por toda a cidade!

Alguns pais resolveram contribuir doando mais móveis ao Barracão, outros, deram brinquedos, comidas, houve também doações estranhas, como o antigo capacete de guerra de um avô, espadas usadas em festas de formatura, capas vermelhas e roupas de casamento. No final, o Barracão acabou parecendo um pequeno museu, com fotos antigas, trajes de festas e antiguidades.

Mas bonita mesmo foi a cerimônia de juramento de Leninha. Quando a menina chegou, vestida de seda, tiara enfeitando os cabelos longos, todos os meninos juraram, em silêncio, ao mesmo tempo, que se casariam com ela quando crescessem.

Kairi-Mirim, fazendo as vezes de mago, abençoou a menina por meio de uma reza indígena. Luiz foi escolhido para erguer a espada e tocar a cabeça de Leninha quando ela terminasse o juramento.

Dona Leonor e Marina tinham um vestido de casamento para aprontar e não puderam comparecer, porém, para que ficasse uma lembrança daquele momento, enviaram um fotógrafo para registrar aquela cena inesquecível!

E, como as notícias correm rápido nas cidades de praia, outras turmas resolveram assistir àquela festa tão estranha e diferente. O pessoal da prainha, que ficava perto da Ponte Pênsil, a turma da ponta da praia, que adorava mergulhar do pontilhão e... a turma da Ilha Porchat. Os garotos mais velhos, cujo líder era o Rogério, mais conhecido como neto do Barão — um menino forte, alto, com uma fama horrível de brigão.

4

Raça pura

Hoje em dia todo mundo sabe que milhares de inocentes morreram nos campos de concentração da Segunda Guerra Mundial. O rosto inesquecível de Adolf Hitler, líder do exército alemão, virou sinônimo de loucura, intolerância e tirania.

Nesse século XXI, nas escolas do Brasil, os alunos aprendem que a igualdade de direitos e que os costumes e características de um povo devem ser tão respeitados quanto os costumes de outro. Quer dizer, todo mundo tem o que ensinar e todo mundo tem o que aprender. Quanto mais as pessoas se unirem, para ajudarem-se, mais paz existirá no mundo. Ou, como diria o líder Gandhi: não há caminho para a paz, a paz é o caminho.

Mas, naquele ano de 1943, sem as imagens da televisão, sem as canções em defesa da paz, sem cartazes nas ruas, nesse tempo em que as crianças não se interessavam pelas notícias dos jornais, Hitler era só o nome de um militar que estava ganhando a guerra na distante Europa.

E, como naquele tempo fazer guerra era considerado uma atividade da vida, se o tal do Hitler estava ganhando, devia ser inteligente à beça.

Enfim, quando Rogério avistou Marlene vestida de princesa, cercada por um bando de garotos totalmente diferentes entre si, abençoada por um índio guarani que rezava num idioma que desconhecia, achou aquilo tudo esquisito demais.

Ele fora criado de modo a acreditar que havia o certo e o errado, o feio e o bonito, o bom e o ruim, e tudo o que fosse diferente das regras mais básicas deveria ser exterminado. Ganhar era melhor que perder, ser forte era melhor que ser fraco, bonito era ser grande. Os fracos tinham que obedecer e ponto-final.

Então, se o mundo tinha leis tão fáceis assim, como é que uma menina linda como a Marlene estava ali, cercada de garotos magrinhos, ou gordos demais, uns baixos, outros desengonçados, vindos dos quatro cantos da praia?

Como é que ele, neto do Barão, com puro sangue azul nas veias, não tinha uma garota como aquela ao seu lado? O menino observava a festa e achava tudo aquilo muito errado. E tudo o que estava errado precisava acabar logo.

Quando os meninos riam em volta da Távola, que fora transportada para fora do Barracão, Rogério aproximou-se com sua turma de amigos e disse bem alto, para todos ouvirem:

– Alguém aqui tem tanque de guerra?

A pergunta era tão descabida que ninguém respondeu nada.

– Alguém aqui tem avião de combate?

Como ninguém respondesse nada, o garoto continuou a provocar:

– Alguém aqui tem fuzil?

Luiz logo percebeu que o garoto estava querendo chamar a atenção e provocou também:

– Ô, Rogério!!! Pra que tanta pergunta idiota! Por acaso você está com inveja da gente, é?

– Eu? Olha bem pra mim! Olha bem pra você! Como é que eu posso ter inveja desse bando de pobres coitados fantasiados de palhaços?

Foi a conta. Kairi-Mirim tentou segurar Luiz, mas o menino pequeno era mais rápido que gato do mato e, num minuto, já tinha atingido o neto do Barão com uma cabeçada na barriga. Enquanto os dois rolavam no chão, o resto da turma achou melhor entrar na briga, e até a doce Marlene esqueceu que era princesa e pulou nas costas de um grandalhão para puxar seus cabelos.

Dona Iracema jogou um balde de água fria nos meninos, Kairi-Mirim conseguiu separar o Girafa, que estava aos socos com um menino da turma da Ilha Porchat, mas os principais briguentos, Luiz, o Rastreador, e Rogério, não havia quem os separasse.

– Eu vou chamar a radiopatrulha! – gritou dona Liana, uma senhora bem velhinha que morava no fundo do terreno.

Era mesmo briga de polícia. Quanto mais os adultos tentavam separar os meninos, pior ficava a confusão. E quem se divertia era o fotógrafo, enviado por dona Leonor, tirando retrato de cada pontapé e rasteira, até a hora em que a sirene tocou alto e os meninos se dispersaram com medo dos policiais que surgiram para ver o que acontecia.

– Isso aqui vai virar notícia – disse o fotógrafo, satisfeito.

E o pior é que virou mesmo...

5

Gente é árvore

Na manhã seguinte, Luiz não só tinha que suportar a dor dos ferimentos decorrentes da briga, como a bronca que ouvia de sua mãe e sua tia:

– Onde já se viu? Como é que pode uma coisa dessas? Você me faz costurar um vestido para a menina. Eu penso que você vai para uma festa de crianças. Acordo, abro o jornal e vejo essa pancadaria! Meu filho socando o neto do Barão! Justo o neto da minha melhor freguesa, a dona Baronesa! E agora, Luiz? Eu vou falar com seu pai e ele vai acabar te mandando para um colégio interno, num lugar bem longe, só para ver se eu consigo ter um pouco de sossego!

– Calma, Leonor – dizia Marina. – Menino é assim mesmo! Eu nunca entendi por que Deus te deu dois meninos no lugar de umas garotas para você vestir feito bonecas.

Dona Leonor era mulher bonita, elegante, alegre, mas, quando ficava brava, dava para ouvir a voz perturbada a distância, e foi assim que Kairi-Mirim novamente entrou em cena tentando recuperar a paz.

– Com licença, dona Leonor, com licença, dona Marina. Quem provocou os meninos foi o neto do Barão. A festa estava linda, a senhora tinha que ver...

– Quando eu penso que até o dinheiro dessas fotos horríveis saiu do meu próprio bolso, eu tenho vontade de fazer picadinho de filho!

– E o meu desfile de modas? Alguém vai acreditar que sou uma mulher elegante com um filho danado desses? Como é que eu vou explicar essa confusão para o colunista social? Ele vai parar de soltar as notinhas elogiando meus vestidos. Vai dizer que eu, madame Leonor, dona da loja mais elegante da Baixada Santista, sou mãe de um vândalo, de um menino louco, sem nenhuma educação ou compostura!

– Dona Leonor, por favor, dê uma segunda chance aos meninos. Eu sei o que fazer, eu prometo à senhora, promessa de guarani, índio tem palavra, a senhora deve saber...

– Vai, Kairi, faça o que quiser, eu só quero que você dê um jeito nesse meu filho antes que eu cometa alguma besteira!

O guarani sorriu largamente. Porque ele sabia exatamente o que fazer com aquela molecada toda. Naquela mesma tarde de sol, assim que terminou a roda de leitura de gibi, Kairi simplesmente deu o comando:

– Agora chegou a hora de vir comigo na floresta!

A essa altura, os meninos já conheciam o guarani o suficiente para saber que, quando ele falava naquele tom, era melhor concordar de vez. Ao mesmo tempo, ficaram curiosos para saber o que ele pretendia lhes mostrar.

Seguindo os passos firmes e cautelosos de Kairi, pegaram a trilha do Serradão do Rio, até alcançarem uma goiabeira cheia de frutos. Nesse

momento, o guarani se deteve, sentou-se e pediu aos meninos que fizessem a roda porque ele precisava lhes dizer algumas coisas. Como sempre, os garotos imediatamente lhe obedeceram e ficaram em silêncio, até que ele disse, em tom firme e pausado:

– Vocês estão vendo esse capim que se espalha por todo o caminho? Esse capim é alimento de bicho que corre e de bicho que voa. Vocês estão vendo essa árvore que o povo chama de vassourinha?

Os meninos novamente concordaram em silêncio.

– É arvore pequena, bem fraca, se chover muito ela cai. Mas passarinho pode pousar nela pra descansar, e menino pode ficar à sombra do sol. Agora, reparem nessa outra árvore magrinha. Ela se chama erva-de-passarinho. É comida de bicho que voa. E as flores que vocês viram também é comida de abelha, e abelha faz mel que é comida de gente. A goiabeira está cheia de fruto. Fruto é bom pra gente, pra bicho que corre e bicho que voa.

– A gente pode comer goiaba depois dessa conversa? – perguntou o Girafa, que era magro, mas comia sem parar.

– Pode sim, mas primeiro menino tem que pensar junto comigo. Olhem bem para as árvores... O que vocês estão vendo?

– Ué, Kairi, só árvore mesmo!

– Era pra gente ver alguma coisa especial?

– Não. Era para ver árvore e me responder. Tem uma árvore igualzinha a outra?

– Claro que não. Cada árvore é diferente!

– Isso mesmo. Tem árvore baixa e fraca que dá fruto forte, tem árvore forte que só dá sombra, tem capim que não é árvore, mas faz bem para as criaturas. A mesma coisa acontece com bicho. Passarinho gosta de ser livre, mas enche o coração da gente de alegria quando sai cantando. Cachorro gosta de ser amigo o tempo todo, gato gosta de ser amigo de vez em quando. Cavalo é forte, mas, se a gente tem jeito, ele nos carrega e nos protege. Macaco gosta de brincadeira, peixe não liga pra gente, mas é um bom alimento.

– Você está querendo ensinar o que pra gente?

– A vida é igual floresta. Tem gente de tudo quanto é tipo e todo mundo é importante do mesmo jeito.

– A gente entendeu, Kairi, igual na Távola Redonda, né? O Arthur tinha a espada mágica, o Valente, o melhor cavalo, o Galahad era quem tinha mais sorte, e um ajudava o outro, tá certo? Você é tão inteligente quanto o Mago Merlim, Kairi!

– Acertou sim, Quinzinho. Mas tem muita gente que pensa que eu sou ignorante.

– Você? Como assim?

– Porque eu sou índio e diferente da gente da cidade. Tem gente que pensa que o diferente é o inimigo.

– Igual o tonto do Rogério?

– Por que ele é tonto? – perguntou Kairi.

– Porque ele se acha superior – respondeu Luiz, rapidamente.

– Rastreador, você está errado. Ele saiu brigando porque se sentiu fraco perto de vocês. E vocês não estão enxergando a verdade porque ele é diferente. Eu digo de novo pra vocês, quem é diferente logo parece inimigo. Mas é tudo bobagem. Todo mundo é igual e diferente ao mesmo tempo.

– Kairi, por acaso você está querendo dizer que a gente tem que ficar amigo daquela peste? Do neto do Barão? Daquele metido a valentão?

– É isso mesmo. Ele gostou de você, Marleninha. Ficou com ciúme porque você anda com a turma do Barracão e não liga pra turma da Ilha. Então, você precisa convidar o menino para visitar essa sua Távola Redonda.

Os protestos foram gerais, porque todos os meninos tinham ciúme da Marleninha. E, quando crescessem, ela poderia escolher só um deles para casar, isso tudo bem, mas alguém de fora da turma da Távola, nunca, jamais!

Mas *Lady* Lena tinha realmente um coração nobre e compreendeu a intenção de Kairi-Mirim. Levantou-se e declarou:

– Podem ir se acalmando. Amanhã mesmo vou até a Ilha Porchat convidar o Rogério e a turma para jogar uma partida de taco conosco. E quem quiser que me acompanhe.

É claro que, no dia seguinte, a turma inteira escoltou sua *Lady* até a porta da mansão do Barão onde morava o Rogério. Mas, na hora de chamar o menino, ela pediu aos amigos que a esperassem na esquina, coisa que eles fizeram, muito contrariados.

Quando Rogério viu a loirinha sozinha, diante do seu portão, correu para cumprimentá-la. Mas, assim que se aproximou, o bando todo do Barracão os cercou enquanto ela dizia:

– Rogério. Nós não gostamos nada de briga. Viemos aqui para convidar você e seus amigos para uma boa partida de taco. Você vem?

Encantado com os olhos verdes e o sorriso largo da menina, Rogério aceitou o convite na hora, certo de que mais tarde ele e sua turma dariam conta daquele bando de esquisitos, conquistando a loirinha para ser a princesa do seu próprio bando, bem longe do Barracão, bem pertinho dele, no seu casarão.

6

O desaparecimento do Príncipe Valente

A manhã do jogo do taco já começou com problemas. A Baronesa, que tinha encomendado um vestido à dona Leonor, resolveu passar para tomar um cafezinho na loja.

– Como vai, madame Leonor? – ela perguntou com um ar malicioso. Mulher bonita, riquíssima, a Baronesa era também conhecida por sua língua ferina. Leonor e Marina a trataram com gentileza enquanto ela provava o vestido e admirava a própria silhueta no espelho.

– Tudo bem, como sempre, graças a Deus – respondeu Leonor, tentando evitar qualquer assunto que estivesse relacionado com a briga entre os meninos.

– Seu filho mais velho, o Luiz, esteve na minha casa outro dia... – disse a Baronesa olhando de soslaio, com uma voz na qual a doçura era tanta que despertava uma certa desconfiança.

– Meu filho? Ele não me disse nada! O Rogério e ele estão amigos? Que coisa boa!

– Pois é! Hoje mesmo combinaram de jogar uma partida de taco lá naquele terreno baldio onde construíram o tal do Barracão das brincadeiras.

– Mas que ótima notícia! – exclamou Marina, tentando aliviar a tensão silenciosa que se espalhava entre as mulheres.

– Eu permiti que Rogério fosse só porque ele está encantado com a menina, a Leninha.

– Ele também? – riu Marina.

– Pois é. Eu não entendo os pais da Marleninha. Europeus. Gente tão estudada, tão fina, e a menina, filha única, criada solta desse jeito.

– Mas a Marleninha é muito querida entre os meninos...

– Se fosse filha minha, eu proibia! Onde já se viu! Brincar sozinha no meio daquela gente tão misturada. Fiquei sabendo que até índio frequenta o Barracão. Você não se preocupa não, Leonor?

– Imagine, dona Baronesa, Kairi-Mirim é da família! Pessoa muito querida aqui em casa. E dona Iracema, minha comadre, acompanha de perto as brincadeiras, não tem problema nenhum.

– Escute aqui, madame Leonor. Na verdade, fiz questão de passar para pegar esse vestido pessoalmente, porque queria convencê-la a tirar seu filho e a Marleninha daquela turma de gente esquisita. Se você quiser, o Luiz poderá frequentar minha casa. Na certa, ele aprenderá a ser mais educado estando perto de gente de nível como nós...

Bem, dona Leonor amava a elegância, as sedas, os perfumes, os figurinos importados de estilistas franceses como Madame Chanel. Mas ela amava acima de tudo a liberdade, a sinceridade e a ousadia. Então, terminando de abotoar a blusa de seda que fizera, virou o corpo da Baronesa em direção ao espelho e disse:

– Querida Baronesa, veja como esse conjunto lhe caiu bem... A senhora gostou?

– Gostei demais, como sempre – respondeu a Baronesa.

– Então, guarde-o com cuidado, porque este foi o último que lhe vendi. De hoje em diante, se a senhora quiser elegância, suba até São Paulo, ou melhor, embarque num vapor e viaje até Paris. Passar bem! – e, dirigindo-se à cunhada, acrescentou: – Marina, acompanhe essa senhora até seu automóvel.

Assim que a Baronesa partiu, indignada, Leonor, preocupada, disse a Marina:

– Precisamos ir até esse Barracão, porque se o tal do Rogério levou a turma inteira da Ilha Porchat para bater nos nossos meninos, quem vai entrar na briga para defendê-los, desta vez, sou eu!

Dito e feito.

Leonor percebera rapidamente uma verdade da vida. Infelizmente, nem sempre as intenções de uma pessoa coincidem com as da outra.

Marleninha fora até o casarão para tentar criar uma situação de paz e aceitação entre as turmas rivais. Porém, Rogério, provavelmente incentivado pela própria mãe, aceitara jogar a partida de taco apenas para sobrepujar a turma do Barracão e convencer a menina de que ela estaria muito melhor ao seu lado.

Enquanto caminhavam em direção ao Barracão sob o sol do início da tarde, Leonor e Marina perguntavam-se, nervosas:

– O que será que aquele bando enorme de crianças está aprontando?

Ao mesmo tempo, no Barracão, o jogo de taco rolava na base da violência. Kairi, Leninha e dona Iracema observavam a partida com o coração na mão. Era um tal de falta, pontapé, batida de taco no dedão. Estava óbvio que, num minuto, aquilo viraria guerra. E, se virasse guerra, como separar a briga? Como impedir que os meninos do Barracão apanhassem daqueles garotos mais velhos e mais fortes da turma da Ilha?

Luiz, líder de seu time, pediu um tempo para falar com os jogadores:

– Pessoal, já deu para perceber que a turma do Rogério veio só para aprontar. Ninguém quer jogar direito. Eles estão loucos para provocar briga.

– E se a gente brigasse pra valer? – perguntou o Girafa, já bem irritado. – Você está com medo de apanhar?

– Apanhar a gente até apanha – respondeu Luiz –, mas, se a gente entra em guerra com eles, o Kairi ficará triste.

– Então, qual é a melhor solução?

– Perder de uma vez!

Protestos gerais. Todo mundo detesta perder. Principalmente quando o adversário gosta de provocar e humilhar.

– Espere, pessoal. Se a gente perde de propósito, é de mentirinha. Esse pessoal não sabe jogar limpo, então, não vale nada mesmo. Eles ganham e daí? Vão se exibir pra quem? A gente perde e fica até mais importante porque sabe perder na honra. Pode ser?

– Eu não sei, não – comentou Quinzinho.

– Quinzinho, você quer que sua mãe fique triste? – perguntou Curupira, já compreendendo a lógica daquela vitória disfarçada em derrota.

Então, o acordo foi feito. O jogo continuaria, mas a turma do Barracão não se esforçaria por uma vitória. A derrota seria uma cortesia com relação ao outro time.

Rogério e seus amigos não acreditaram quando venceram. Foi num minuto. Ficaram tão felizes com a vitória que se abraçaram e correram para cumprimentar o time oposto. Porém, qual não foi sua surpresa quando os meninos do Barracão, aqueles meninos tão esquisitos, reagiram com honra, apertando-lhes a mão e aceitando o cumprimento.

De modo que, quando dona Leonor e tia Marina finalmente chegaram ao Barracão, deram com um grupo enorme de crianças festejando um final de jogo de taco, todos felizes com os famosos bolinhos de dona Iracema. Kairi-Mirim veio correndo cumprimentá-las:

– Dona Leonor, dona Marina, vejam que beleza! Eu não disse que esses meninos tinham juízo?

Leonor sorriu e sentou-se à mesa, aliviada, enquanto Marina a repreendia:

– Está vendo, Leonor? Você não devia ter sido tão precipitada! No final, perdemos nossa melhor freguesa por nada. Olha aí! Os meninos todos juntos e felizes.

Ledo engano!

Na segunda rodada de bolinhos, servidos ao ar livre, a festa foi interrompida pela gritaria geral:

– O *Príncipe Valente* sumiu! – berrou Quinzinho.

– A caixa de revistinhas foi roubada! – repetia Lena.

– O nosso maior tesouro foi tirado de nós! – urrava Luiz.

– Quem terá sido o estúpido do ladrão? – perguntou Girafa.

Mas a explicação logo foi aparecendo na mente dos meninos.

Rogério e seu bando provavelmente perceberam que a vitória tinha sido fácil demais. Na certa, haviam decidido vingar-se da turma do Barracão roubando a caixa de revistinhas. Esta era realmente uma vingança terrível. A maior de todas. Aquelas revistinhas eram o grande tesouro do Barracão. Se não fossem eles os responsáveis, por que teriam fugido correndo? Por que teriam deixado de lado uma festa cheia de doces deliciosos?

7

Todo pajé é mago

Kairi-Mirim era uma pessoa reservada. Enquanto os meninos faziam o ritual da Távola Redonda e liam as histórias do rei Arthur, ele se sentava e fechava os olhos, como se estivesse dormindo.

Porém, nesse momento, profundamente concentrado, ele tentava compreender o significado das leis da cavalaria, o poder da magia de Merlim e a lealdade entre os membros da Távola.

Kairi-Mirim sabia que aquelas aventuras eram antigas, que tinham acontecido em lugares bem distantes, mas que continham características que ele compreendia muito bem: o amor pela natureza, o respeito pelos animais, a defesa dos inocentes. O guarani também havia reparado no fato de que o Mago Merlim acompanhava seu rei, aconselhando-o, em plena batalha. Mesmo que, para isso, tivesse que se transformar num pássaro ou em alguma outra criatura. Quando queria ver o futuro, ou gerar proteção, o Mago fazia uma fogueira e dizia encantamentos. Kairi-Mirim foi concluindo que o Mago Merlim era bem forte na arte da pajelança e que, se eles algum dia por acaso tivessem se encontrado, teriam muito o que trocar.

Pois bem, então, se ele era o Mago Merlim da turma do Barracão, teria que agir, mesmo que isso causasse uma certa confusão. Logo bem cedo, no lugar de trabalhar no jardim de dona Leonor, o guarani dirigiu-se à mansão do Barão.

Sua ausência foi rapidamente percebida.

– Onde está o Kairi?– perguntou Marina a Leonor. – Será que ele vai deixar o monjolinho inacabado?

– É estranho, ele nunca falta e quando não vem manda sempre algum menino dar recado da ausência. Vamos perguntar ao Luiz.

Assim que Luiz soube que o guarani não viera trabalhar, percebeu que algo estava muito errado. Sem sequer responder às perguntas feitas pela mãe e pela tia, o Rastreador correu até o terreno do Barracão.

Porém, o Rastreador não ganhara esse apelido por acaso. Ao longo do caminho foi rastreando não os passos, mas os pensamentos de Kairi.

"O jogo de taco foi ideia do Kairi. E deu errado. Vai ver ele está se sentindo culpado. Vai ver ele quer resolver o problema do roubo. Vai ver ele foi tomar alguma atitude. Vai ver ele foi sozinho até a casa do Barão. Cruz-credo! Isso não vai dar certo, o Kairi detesta briga e aqueles meninos vão se aproveitar da bondade dele.

Ao chegar ao Barracão, Luiz rapidamente reuniu seus cavaleiros e os convocou a ir até a mansão do Barão, de modo a certificar-se de que nada de errado estava acontecendo. Os meninos praticamente voaram até a Ilha Porchat, onde ficava a casa, mas, quando chegaram, era tarde demais...

– Saia daqui, seu índio mentiroso! Onde já se viu chamar meu filho de ladrão!

– Mas eu não estou acusando o Rogério, eu só vim perguntar…

Kairi-Mirim não conseguia falar diante da gritaria da Baronesa e estava ficando desanimado. Quando os cavaleiros de São Vicente se postaram ao seu lado, como se quisessem defendê-lo, foi pior.

Porque, a essa altura, a governanta da mansão já tinha chamado a radiopatrulha, que veio tocando sua sirene, e a turma teve que desaparecer a toda velocidade antes que o escândalo fosse, novamente, parar nas manchetes de jornal.

O trajeto que separava a mansão do Barão da sede da Távola Redonda era bem longo, e no início todos os integrantes da sociedade, inclusive Marleninha, corriam a toda velocidade.

Mas, ao avistarem o Barracão e perceberem que não estavam sendo perseguidos, o alívio de todos foi tão profundo que a revolta e o ódio se transformaram numa vontade irresistível de dar muita gargalhada.

– Vocês viram como a cara da Baronesa fica enrugada quando ela grita? Parece que o pó de arroz derrete e o batom fica cor de feijão – comentava, maliciosa, *Lady* Lena.

– Vocês perceberam que o Rogério estava com tanto medo que ficava agarrado na barra da saia da mãe, feito criancinha? – disse Quinzinho.

– E a cara do policial da radiopatrulha? Ele não acreditava no que estava acontecendo! – comentou o Girafa.

Os garotos riam tanto e se abraçavam e se divertiam até que a barriga doesse com uma mistura de cansaço, satisfação e alegria. E a aventura teria sido inesquecível não fosse a Marlene reparar numa coisa muito séria:

– Pessoal, onde está o Kairi?

Pois é...

O guarani desaparecera.

Os garotos percorreram o caminho de volta, a praia inteira, atravessando as areias até chegar perto do pontilhão, em seguida caminharam até a comunidade indígena. Quilômetros e mais quilômetros sob o sol escaldante não os ajudaram a encontrar o querido Mago Pajé. Ninguém sabia onde ele estava, ninguém o vira passar. Era como se tivesse sumido no ar, ou se transformado em algum animal que voa e se ocultado nas nuvens.

Naquele fim de tarde, o cansaço imenso fazendo doer as pernas de todos, sem o ritual da Távola, sem revistinhas e, principalmente, sem o maior amigo da turma, os pequenos cavaleiros de São Vicente sentiram um desânimo muito forte. A tristeza e a decepção eram tão grandes que ninguém conseguia dizer nada no Barracão. Era como se uma espécie de desamparo e desorientação tivesse lançado uma sombra espessa sobre suas cabeças. Foi quando Leninha se deu conta de outra ausência: o Rastreador agora também desaparecera!

8

Guerra declarada

Como dizia Kairi-Mirim, as pessoas são iguais e diferentes ao mesmo tempo. Para alguns, a brincadeira da Távola Redonda simplesmente tinha terminado. Dentro do coração de outros integrantes restava apenas uma dúvida quanto ao que fazer de agora em diante. Marleninha, mesmo sendo corajosa e impetuosa, sentia uma tristeza que lhe trazia lágrimas aos olhos. Lágrimas que ela enxugava rapidamente, já que choro, naquele tempo, era visto como coisa de gente fraca e sem compostura. Já escurecia e, na certa, algumas famílias se preocupavam com o atraso dos meninos. Mas nada disso parecia importar naquele momento.

Fora do Barracão, lágrimas também escorriam pelo rosto sujo do Rastreador, mas elas não traduziam tristeza, desalento ou desânimo, apenas uma ira profunda, um desejo de tomar uma atitude que logo foi se transformando numa ideia terrível.

Quando a porta do Barracão abriu-se todos os meninos levaram um susto. E tiveram uma surpresa maior ainda quando ouviram as palavras de Luiz:

– Cavaleiros de São Vicente! Não temos outra solução! Chegou a hora de declararmos guerra total aos nossos inimigos!!!

Nós, os cavaleiros de São Vicente, membros da Turma da Távola Redonda, viemos, por meio desta, declarar estado de guerra contra a Turma da Ilha Porchat, devido à invasão de nosso território e ataques contra nossa propriedade.

A declaração de guerra, cujo conteúdo reproduzimos aqui, foi cuidadosamente redigida por *Lady* Lena, baseada nos textos de declaração oficial dos países em guerra na Europa. Até aquele momento, notícia de guerra era coisa de adulto. Mas, quando foi necessário lutar, a menina fez questão de copiar o estilo das declarações estampadas nos jornais. O documento foi solenemente entregue em mãos à governanta da Baronesa, para que não só Rogério mas também os adultos de sua família percebessem que todos aqueles meninos de São Vicente sabiam como se defender das injustiças e enfrentar as dificuldades da vida.

O documento marcava a data do dia 14 para o grande confronto, assim restavam aos meninos dois dias para planejar uma estratégia de combate e escolher as armas.

A estratégia da luta foi o mais fácil.

O ritual de encantamento que as leituras do *Príncipe Valente* despertava na turma foi substituído por conselhos de guerra, nos quais cada movimento era cuidadosamente planejado. Imitando a voz e utilizando os termos dos locutores de rádio que os meninos às vezes ouviam relatando o desenrolar da Segunda Guerra Mundial, os garotos decidiram o seguinte:

Patrulhas de espiões seriam colocadas na avenida da praia de modo a observar a saída dos inimigos da Ilha Porchat. Deslocando-se com rapidez, os espiões teriam que alcançar o Barracão e notificar os companheiros quanto às armas e posicionamento do inimigo.

Ao mesmo tempo, diante do Barracão, uma fileira de soldados, devidamente armados, ficaria à espera da tropa do neto do Barão. E, quando os integrantes do bando da Ilha Porchat pisassem em seu território, o ataque viria de dois flancos: a fileira de soldados se adiantaria, espadas em riste, ao mesmo tempo que os espiões, agora na função de guerreiros, tentariam derrubar os flancos da fileira inimiga.

Por que será que entra geração, sai geração, adultos e crianças parecem habitar universos diferentes?

Na manhã da guerra declarada, Thomaz, pai do Rastreador, levantou-se feliz. Era seu aniversário e vários amigos lhe telefonavam dizendo que queriam visitá-lo. Leonor já preparara uma mesa com seus doces preferidos: quindim, baba de moça, merengue e doce de coco. Marina decidira abrir a loja bem cedinho e instruir as moças quanto aos afazeres do dia, de modo a ter tempo livre para permanecer em casa, ao lado do irmão aniversariante.

Tantos eram os preparativos que Leonor quase se esquecera de dizer ao filho que precisava tomar banho e agir como menino bem-educado o dia todo. Luiz sabia que isso significava que estava proibido de ir ao Barracão e que teria de ficar em casa, comportado, obediente, vestindo seu terninho de calças curtas.

Como ele pudera ser tão distraído a ponto de marcar a data da guerra para o dia do aniversário do pai?!

Mas agora o erro já fora cometido e ele precisava preparar-se para a guerra. Guerra contra a turma do neto do Barão e guerra contra os adultos que tentassem impedi-lo de guerrear. E, para complicar ainda mais a situação, Kairi-Mirim, seu grande defensor e aliado, continuava ausente. Como enfrentar dona Leonor? Uma mãe furiosa põe qualquer inimigo no chinelo, ele pensava. Era preciso inventar uma desculpa...

Ao mesmo tempo, no Barracão, dona Iracema também cismava. O que teria acontecido a todas aquelas brincadeiras tão divertidas dos meninos?

Por que será que eles agora viviam trazendo espadas, provavelmente roubadas de seus próprios uniformes de festas de gala na escola? Não só espadas, mas também muitas panelas usadas, velhos capacetes e tacos.

Tacos podiam ser perigosos. Espadas também, aliás, numa guerra, até panelas velhas podiam dar muita dor de cabeça... Dona Iracema se preocupava.

E, sempre que ela se preocupava, cozinhava. Quando sua avó ainda vivia, Iracema aprendera que remexer cocada em panelão de ferro ajudava a ter ideias. Quer dizer, não eram necessariamente ideias, mas visões. Quando a cocada borbulhava no fogão a lenha, produzindo um aroma delicioso, era como se sua avó viesse visitá-la para lhe dar conselhos.

Na manhã da guerra declarada, mesmo ignorando os terríveis planos da turma do Barracão, dona Iracema intuía que o perigo rondava seus

meninos queridos. Ao remexer na panela, ao saborear uma pitadinha da cocada, a ideia para a solução foi muito simples: era preciso chamar de volta o guarani.

Acontece que Kairi-Mirim desaparecera. Bem como as revistinhas, bem como a paz e as gargalhadas da turma. Onde ele estaria? O aroma da cocada era hipnótico. Repentinamente, dona Iracema se lembrou daquilo que sua avó sempre repetia:

– Quando alguém está longe e a gente precisa da pessoa, mande o coração chamar que ela aparece.

Dona Iracema respirou fundo. Preparou-se para fechar os olhos e chamar Kairi-Mirim com toda a força secreta de seu coração. Mas nem foi preciso. O guarani já estava à sua porta, o sorriso largo, a mão estendendo para a panela imensa cheia de doce de coco.

– Posso provar um tiquinho? – ele lhe perguntou.

Dona Iracema ficou tão comovida, que correu e abraçou o amigo. O guarani não estava habituado a esse tipo de demonstração da parte dela. Retribuiu o abraço, mas sentiu-se acanhado. Dona Iracema percebeu. Limpou as mãos no avental e ordenou:

– Kairi-Mirim, sente-se na mesa que vou lhe servir um doce.

Nesse ponto, o guarani era mais menino que os integrantes da turma. Doces eram sua paixão. E naquela manhã quente e ensolarada lá ficaram os dois, dona Iracema e o guarani, tomando cafezinho e comendo doce feito em fogão a lenha. A conversa surgiu fácil, as risadas, e estava tudo tão agradável que por pouco eles se esqueceram que viviam em pleno tempo de conflitos. Foi quando a gritaria geral do lado de fora invadiu a cozinha e os conduziu até o Barracão, a toda velocidade.

9

Batalha a céu aberto

A ideia de utilizar tampas de lixo como escudo surgiu na cabeça do Rastreador quando ele desceu as escadas correndo, espada na cintura, taco amarrado nas costas, capa da escola pendurada nas costas, e passou cantando marchinhas diante do pai, da mãe, das visitas, como se estivesse indo a uma matinê de carnaval. Os adultos riram, acharam que era graça de menino, não lhe perguntaram o porquê daqueles trajes bizarros, voltando rapidamente a conversar sobre a guerra que acontecia na Europa.

Do lado de fora da casa, Luiz suspirou satisfeito. Havia ludibriado a oposição. Imagine se sua mãe e sua tia descobrissem a verdade! Se elas sequer suspeitassem do verdadeiro combate que teria que enfrentar!

E, quando ele chegou à praia para se encontrar com o resto da turma, qual foi sua surpresa ao deparar-se com um bando enorme de crianças: todos aqueles garotos que a turma da Ilha Porchat, de algum modo, importunara, ou ofendera, simplesmente aderiram aos cavaleiros de São Vicente.

A marcha seguia pela cidade e, a cada esquina, as fileiras de simpatizantes engrossavam, algumas crianças simplesmente os seguiam por curiosidade, outras, pensando que a brincadeira seria especial.

O resultado dessa movimentação foi que, quando Kairi-Mirim e dona Iracema interromperam seu cafezinho, deram com um bando de crianças em luta aberta com um outro grupo de meninos maiores, igualmente numerosos.

Num canto, o Rastreador duelava diretamente com Rogério... do alto do morrinho, o Girafa tacava torrões de terra contra os inimigos até ser empurrado por um adversário e despencar bem perto de dona Iracema...

Perto do Barracão, Quinzinho defendia-se dando paneladas... nem os amigos escaparam... Utilizando a tampa da lata de lixo como escudo, Luiz tentava escapar dos tacos... Uma saraivada de pedregulhos sujou de terra todo o vestido de dona Iracema...

– Parem com isso! – gritou ela. – Ai, minha Nossa Senhora da Misericórdia! Alguém vai se machucar! Kairi-Mirim, tome alguma providência! – ela berrou ao guarani.

Mas Kairi-Mirim sorriu tranquilo sem esboçar um gesto. Em vez de se desviar dos torrões de terra que voavam por todos os lados, ou então de correr atrás dos meninos para tirar-lhes as espadas, o guarani ficou imóvel, feito estátua. E quem resolveu pôr um fim em tudo aquilo, como sempre, foi dona Liana, a senhora velhinha que morava no fundo do terreno, que, naturalmente, a essa altura já tinha telefonado para a radiopatrulha, cuja sirene silenciou, imediatamente, a gritaria geral.

– Quem foi que começou essa briga? – disse o policial em voz firme e alta ao descer da viatura.

De início, prevaleceu o silêncio entre os meninos.

Logo em seguida, um sentimento sutil de solidariedade foi se espalhando e os sorrisos de cumplicidade foram fazendo desaparecer as caras feias e as risadas começaram a pipocar aqui e ali.

O policial ficou bravo e insistiu:

– Eu quero saber quem foi o responsável por essa baderna, essa guerrinha de pirralhos, essa falta de responsabilidade, essa briga sem pé nem cabeça...

Ele gritava, brandia o cassetete no ar e avançava na direção dos meninos. Foi nesse exato momento que o Rastreador e o neto do Barão tiveram a mesma ideia. Olharam um para a cara do outro, deram risadas juntos. De repente, foi como se ambos se lembrassem de que eram apenas dois garotos, diante de um único inimigo. Um adulto irritado e poderoso.

O Rastreador sussurrou:

– Rogério, melhor fingir que todo mundo aqui é amigo.

– Fingir eu finjo, mas depois a briga continua...

Então, ambos se abraçaram como dois antigos amigos e foram caminhando juntos até ficarem frente a frente com o policial para declarar:

– O senhor está muito enganado. A gente só estava brincando! Aqui todo mundo é amigo.

– Vocês vivem me fazendo perder tempo! – berrou o policial ainda bravo erguendo a mão para apanhar os meninos, mas, antes que ele os prendesse, toda a turma já tinha se dispersado correndo na velocidade do vento, às gargalhadas.

Dona Iracema deu um tapinha nas costas do policial e o convidou:

– Venha, o senhor precisa provar da minha cocada. Vamos tomar um cafezinho, o senhor deve ter um dia duro pela frente...

10

A panela da paz

Muitos anos depois desse dia inesquecível, Madre Teresa de Calcutá, grande defensora dos desabrigados, afirmaria: "A Paz começa com um sorriso".

E de fato, na manhã seguinte, na praia, as duas turmas se uniram para dar risada e contar vantagens das peripécias:

– Você viu aquela hora que o Girafa despencou do alto da bananeira? – gargalhadas gerais.

– Você viu quando o policial pensou que ia conseguir prender todos nós? – mais gargalhadas ainda.

Luiz e Rogério decidiram nadar juntos até o pontilhão da ponta da praia.

– Vamos ver quem nada mais rápido? – desafiou Luiz.

A competição de natação acabou dando início a uma amizade que seria duradoura.

Naquela mesma tarde, uma grata surpresa:

Rogério, o neto do Barão, acompanhado de sua turma, chegou ao Barracão trazendo de volta não só a antiga caixa de revistinhas, como também uma nova coleção: as aventuras espaciais de Flash Gordon!

O único problema é que o Barracão tinha ficado pequeno demais para tanta criança. Por isso, na hora do ritual da leitura das aventuras do Príncipe Valente, *Lady* Lena achou melhor ficar de pé na mesa, para que todos pudessem vê-la, e narrar em voz firme e alta.

Deparando-se com tanta harmonia e entrosamento, dona Iracema, diante do fogão a lenha, remexendo outra panelada de doces, comentou com Kairi-Mirim, que aguardava ansioso para experimentar um bocadinho de doce:

– Até agora eu não consegui entender como foi que tanto menino que se odiava, de repente, fez amizade. Tome, experimente uma colherada para ver se está no ponto.

O guarani abriu a boca para provar do doce e deixou escapar um sorriso misterioso...

– Kairi-Mirim!!! Será que você tem alguma coisa a ver com essa alegria toda? Como é que pode ser? Você esteve longe o tempo todo!

– Eu gosto do Mago Merlim. Ele era um bom pajé...

– Kairi! E o que o Mago Merlim e um pajé têm a ver com a amizade dos meninos?

O guarani sorriu e manteve-se calado.

– Kairi! Conte para mim! Por acaso você fez alguma reza, alguma pajelança para trazer a paz de volta?

– Eu gosto do Mago Merlim. Ele se parece comigo. Sabe rezar e pedir favor ao espírito do fogo...

– Ah, mas eu sabia, que você não tinha abandonado esses meninos... foi por isso que você nem se preocupou quando chegou a radiopatrulha, você já tinha adivinhado tudo...

O guarani enfiou outra colherada de doce na boca para não ter que explicar e sugeriu apenas:

– Dona Iracema, chega dessa conversa de pajelança, que tal se a senhora fizesse uma panelança?

– Como assim?

– No meu povo, coisa boa tem que comemorar. Essa panela de doce de coco vai trazer muita paz ao coração dos meninos. Vamos levar esse monte de doce lá para os meninos que eles precisam comer juntos. Palavra de guarani.

A entrada de dona Iracema com a grande panela da paz calhou com o final do ritual de leitura, e sua chegada, bem como a presença de Kairi-Mirim, recebeu uma salva de palmas e muitos cumprimentos.

– Viva nosso Pajé Merlim! Viva Kairi-Mirim, o mais poderoso mago de todos os tempos!

E, naquele ano de conflito mundial, num pequeno recanto da Baixada Santista, um bando de meninos celebrava a amizade. Melhor que brincar de guerra, era desfrutar das alegrias da paz. Mesmo que, em outros cantos do mundo, infelizmente, os adultos continuassem a destruir-se e a inventar armas cada vez mais letais.

E, embora todos eles tivessem pouca idade, embora muitos mal soubessem ler, era como se já adivinhassem as futuras palavras de mestre Gandhi:

Olho por olho e o mundo acabará cego.

FOTOS: ARQUIVO PESSOAL DO AUTOR

Luiz, hoje. Com os netos e sua filha Heloisa. E Ozzi, o cão.

Palavras do Luiz: um personagem real

Nasci na cidade de Santos, no ano de 1927. Mais tarde mudamos para São Vicente, uma das mais belas praias do litoral sul. Lá todos se conheciam pelo nome. Aos 5 anos de idade, eu já desfrutava de muita liberdade, movimentando-me pelas ruas, indo ao açougue, farmácia e armazém sozinho. Nossa rotina era ir à praia logo cedo, após terminar as lições de casa, nadar até a hora do almoço e voltar para casa para almoçar e ir à escola. Quando voltava das aulas, ia à praia ao entardecer. Meu irmão, Roberto, e eu usávamos as antigas tábuas de passar roupa para correr ondas, era muito divertido.

As aventuras que constam no livro, escrito por minha filha Heloisa, fazem parte desse tempo de infância anterior à televisão, *shopping center* e computadores. A ideia de escrever as peripécias da turma do barracão veio de Lucas, meu neto, que sempre me pedia para narrá-las. Permitindo que eu revivesse um período de grandes emoções e conquistas. Espero que essas lembranças transmitam uma mensagem de paz e esperança aos leitores.

Luiz Prieto

Luiz com a panela, na bica.

Luiz e um amigo, com arco e flecha.

Luiz e seu cão, Bic.

Palavras da autora

Quando eu era menina, gostava muito de ouvir conversas. Até hoje continuo achando que se aprende mais ouvindo do que falando. É bom descobrir, por exemplo, que tipo de conversa há na família da gente. Tem famílias que discutem ideias, outras que falam da vida das pessoas para compartilhar emoções. E aquelas silenciosas, em que os segredos têm uma importância vital...

Venho de uma família de gente apaixonada por ação e aventura, e seu maior prazer era uma boa roda de histórias em que se narrassem as viagens, as surpresas, os fracassos, mas também os perigos e as vitórias.

A panela da paz é uma aventura da infância de meu pai, Luiz Prieto, na Baixada Santista, em São Paulo, nos anos de 1940. Minha intenção não foi apenas contar uma boa história, mas tentar mostrar como se construiu o clima de tolerância e fraternidade que reinava na casa de meus avós.

Será que é tão importante ser superior? Será que vale a pena tentar vencer todas as batalhas? Um adversário precisa ser humilhado?

Bem, em nossa família, para descobrir essas respostas não se discutiam apenas ideias nem se faziam julgamentos. O importante era contar, às vezes nos mínimos detalhes, como as coisas mais estranhas acontecem pelas razões mais esquisitas, na vida de todos nós.

Talvez tenha sido para tentar transmitir a sabedoria que percebia contida nos casos e aventuras familiares que eu tenha me tornado escritora. Espero que *A panela da paz* desperte em você, querido leitor, o desejo de compartilhar suas próprias histórias, levando-o a praticar essa arte da conversação que acompanha as pessoas desde os primórdios do mundo.

Heloisa

FOTO: ARQUIVO PESSOAL

Heloisa Prieto, doutora em Criação Literária e mestre em Semiótica, é autora e tradutora de diversas obras de literatura infantojuvenil. Iniciou sua carreira como professora da Escola da Vila, em São Paulo, onde contava histórias para crianças.